# 懶洋洋的噴火龍

## The Reluctant Dragon

原著｜肯尼斯・葛拉罕　改寫｜黃筱茵

繪圖｜廖書荻

步步出版

很久、很久以前，有個牧羊人和妻子、兒子一起住在英國的鄉間小屋裡，小屋東西兩側分別是村莊及唐斯丘陵的高地。

牧羊人白天俯瞰著下方廣闊的海面，而牧羊人的兒子嘛——當他不是在幫爸爸忙的時候，大半都埋首在厚厚的書頁間。

一天傍晚，牧羊人衝進屋裡，不安的驚呼：

「瑪莉亞，完蛋了！我永遠也沒辦法再踏上唐斯丘陵一步了！」

牧羊人又說，「上頭那個山洞——已經持續一段時間了，一直傳出怪聲，有時候，山洞深處還會傳出打鼾聲！今天傍晚，我繞著山洞走了一圈。然後，就在那兒——喔，我看見他了！他半個身子露在山洞外，整個身體有四匹拉車的馬那麼大，全身覆蓋著閃亮的鱗片……！」

男孩說：「爸，沒事的，只不過是一隻龍而已嘛。」

「只是一隻龍？」牧羊人大喊。

「因為他真的就是一隻龍嘛！」男孩輕聲回答。「我懂關於龍的事。拜託，把這件事交給我吧，明天晚上我上山去跟那隻龍談一談。」

隔天，男孩散步走上山——千真萬確，有隻龍正懶洋洋的躺在山洞前。

事實上，男孩靠近時，聽到這隻野獸正發出呼嚕呼嚕

的聲音。「你好哇，龍！」男孩走向前。

龍看見來者是個小男孩，嚴肅的皺起眉頭。

「別打我，」他說，「或是對我扔石頭、射水槍！」

「我不會打你，」男孩坐了下來，「我只是來問問你好不好，如果你嫌我礙事，我立刻就走！」

「不要發脾氣嘛！」龍急忙解釋，「事實上，親愛的朋友，我待在山上這裡開心得很！可是，偷偷告訴你——有時候，我的確覺得有一點兒無聊。」

「你打算在這裡長住嗎？」男孩問。

「現在還沒辦法決定。」龍回答，「這裡似乎是個好地方——不過我才剛來，而且，事實上，我是隻該死的懶惰蟲！」

「這是個令人難過的事實，」龍很高興終於找到一個聽眾，「我想那是為什麼我到此地來的真正原因。你看到我其他那些同類，多麼活躍又認真了吧——他們永遠都在橫衝直撞、突擊作戰、到處追趕騎士……總之就是充滿活力。而我呢，喜歡按時吃飯，靠在石頭上打盹……然後，我就落到這步田地了。我想，地球打了個噴嚏，或者搖晃了一下，然後我發現自己在地底下位移了好幾哩，被卡得緊緊的。後來我用爪子又耙又挖，終於從這個洞穴探出頭來。我喜歡鄉間風光，喜歡這裡的景致和人——其實，我還滿想在這裡定下來的。」

「能認識你真開心，希望其他鄰居也一樣好相處。昨天晚上有一位好心的老紳士上來呢，不過他好像不想打擾我。」

「那是我爸。」男孩說，「他人真的很好。哪

天我再介紹你們認識。不過，我感覺你好像並沒有完全了解自己的處境。你知道吧？你是人類的天敵哩！」

「全世界都沒有我的敵人，」龍愉快的說，「我太懶了，根本沒時間培養敵人；而且，我會念自己寫的詩給其他人聽。」

「喔，我的老天！」男孩大嚷，「你能試著認清目前的狀況嗎？等其他人發現你，他們會拿武器來消滅你！」

「你講的話沒有一句是真的，」龍嚴肅的搖搖頭，「現在，讓我念一首之前我正在寫的十四行詩……」

「不行，我沒辦法留下來聽你的十四行詩。拜託你試著了解一下，龍對人類來說，就像瘟疫一樣。如果你不能體認這一點，就會把自己害得很慘。我要回家了，晚安！」

第二天，男孩把牧羊人正式介紹給龍認識，彼此交換了許多讚美的話語和友善的問候。至於他媽媽嘛，雖然她自己無法輕易與龍見面，但是並不反對兒子和龍一起度過夜晚時光，只要他記得在九點前準時回家就可以了。

於是，龍和男孩共度了許多美好的夜晚，龍告訴男孩久遠古老年代的故事——那時存在著許多龍，生命充滿冒險、動作和驚奇。

可是男孩擔心的事終究很快就發生了。

儘管這隻龍是全世界最謙虛、最不喜歡外出的龍，卻不可能躲過眾人的目光。

村莊的客棧每個晚上都在討論山洞裡有隻活生

生的龍。村民很害怕，每個人都同意這種狀況不該持續下去。這隻野獸應該被消滅，這個村莊應該驅除這個禍患！

不過，沒有人自告奮勇，願意帶著劍和矛解救這座被龍迫害的村莊，每個夜晚的高談闊論，最後都無疾而終。同一時間，龍時常懶洋洋的躺在草地上，享受夕陽美景、講古老的故事給男孩聽、修改舊詩句、琢磨新的詩句。

一天，男孩走進村莊，發現家家戶戶窗外都掛上織毯和鮮豔的裝飾，全村摩肩接踵，歡快的聊天推擠。男孩在人群中望見同伴。

「發生什麼事了？」男孩大喊，「有人要來表演？還是馬戲團要來表演？」

「沒啦，」同伴回答，「他要來了。」

「誰要來了？」男孩努力擠進人群中。

「當然是聖喬治啦，」同伴說，「他聽說了我們鎮上的龍，特

地來宰掉那隻恐怖的野獸，好解救我們。喔，一定會有一場精采大戰！」

這可真是天大的消息！

此刻，隊伍另一頭傳來歡呼聲。而後，就在震耳的歡呼聲中，聖喬治緩緩步上街道。

男孩聽到聖喬治向村民保證現在一切都沒事了，他會和大家並肩作戰，為他們伸張正義，讓他們脫離仇敵的魔掌。男孩用最快的速度衝上山。

「龍，大事不妙了！」男孩一看見龍就大喊，「他來了！他到村裡來了！你非得振作起來做點什麼！」

「小夥子，」龍連頭也沒回，「坐下來好好喘口氣，然後告訴我到底是誰來了？」

「你很鎮定嘛。」男孩說，「希望我把大消息告訴你以後，你有辦法像現在的一半鎮定。來的人只不過是聖喬治而已，我想最好還是警告你一聲，他應該很快就會來了，還帶著你這輩子看過最長、最利的矛！」

「喔，可憐悲慘的我啊，」龍哀號著，「這太糟了吧！我才不要見他。我一點兒也不想認識這個傢伙。拜託，你一定要叫他馬上離開這裡。」

「哎呀，龍啊，」男孩哀求，「你遲早都得跟他打上一場，因為他是聖喬治，而你是龍。最好趕快辦完這件事，然後我們就可以繼續寫詩了。」

「我親愛的小小先生啊，」龍肅穆的說，「就這麼一次，請你試著了解，我沒辦法打鬥，也不會去跟任何人打鬥。我這輩子從來沒打過一場架，現在也不準備開始打！從前我總是讓其他認真的傢伙去應付所有的打鬥，那也就是為什麼我現在能在這裡逍遙。」

「可是，如果你不跟他打，他會把你的頭砍掉！」男孩難過的說。

「喔，不會啦。」龍懶洋洋的說，「你一定有辦法做一些安排。趕快下山去找那個好人，把事情處理好。一切都交給你了。」

男孩心情低落的返回村莊。「說什麼叫我安排事情！」男孩心中愁雲慘霧。

男孩經過街道時，村民都興高采烈的討論著即將上演的精采打鬥。男孩往小旅館走，準備去找聖喬治。

「聖喬治，我可以進來嗎？」男孩問，「我想跟你談談關於龍的事，如果這個話題還不會讓你太煩的話。」

「好的，孩子，請進，」聖喬治說，「恐怕你要告訴我的是另

一個悲慘的故事吧？那個殘暴的野獸奪走了你善良的爸爸或媽媽嗎？不過，正義很快就會得到伸張。」

「根本沒有這種事！」男孩說，「你誤會了，事實上，他是一隻好龍。」

「我告訴你，他是一隻好龍、是我的好朋友。

他告訴我這輩子聽過最美的故事，關於久遠的時光還有他的童年。如果你認識他，一定會喜歡他！」

聖喬治說，「我可以肯定，這隻龍有你這樣的朋友，一定有他的優點，但那不是我們現在要討論的事。

「我今天一整晚都在傾聽大家的故事，心裡充滿悲傷。或許這些故事過於誇大，但是構成了一連串嚴重的罪行，所以，他必須盡快被消滅。」

「喔，你實在太聽信那些傢伙了！」男孩不耐煩的說，「那當然咯，我們的村民最會編故事了，他們最想要的就是一場打鬥。他們無所不用其極，就是想要挑起打鬥——那是他們最愛的享受。還有，他們一定不斷告訴你說你是個偉大的英雄、你絕對會贏，但是讓我告訴你：他們正在賭龍有六成以上的贏面！」

「龍有六成以上的贏面！」聖喬治把臉埋進手裡，難過的說：「這個世界真邪惡，有時候我不禁納悶，所有的罪惡並不全都落在龍身上。」

「聖喬治，我向你保證，」男孩說，「洞穴裡才沒發生那種事。龍是紳士。」

「哎呀，也許是我過度自信也說不定，」聖喬治說，「或許我錯看那隻動物了。可是我們又能怎麼辦呢？龍和我幾乎快要面對面了，所有人等著看我們吞噬對方。真的，我想不出任何脫離困境的方式。你有何建議呢？你有辦法為這件事做些安排嗎？」

「龍也這麼說。」男孩有些惱怒，「你們兩個似乎把所有事全丟給我一個人——我猜我沒辦法說服你安靜的離開這裡，對吧？」

「恐怕不可能，」聖喬治說，「完全違反遊戲規則。這一點你應該跟我一樣清楚吧。」

「既然這樣，」男孩說，「現在時間還早，你願不願意和我一起上山去見龍，把事情攤開來談？」

「這個嘛，這樣好像不合慣例耶……」聖喬治起身，「不過這好像是目前最合情合理的做法了。你可真是為了朋友兩肋插刀哩。」他們一起走到門外，聖喬治說，「打起精神吧，說不定我們根本不需要打這一場。」

「龍，我帶了一個朋友來看你！」男孩高聲叫喚。

龍嚇得跳了起來。「我只是……嗯……在想事情而已，」他說，「非常榮幸能認識您，先生。今天天氣真好，對吧？」

「這位是聖喬治，」男孩說，「聖喬治，讓我向你介紹龍。龍，我們是來跟你討論的，一起協調出解決之道吧。」

「聖喬治，真高興認識您。」龍相當緊張，「我

聽說您經常旅行，只要您路過此地，我很樂意做您的嚮導，帶您參觀鄉間的宜人風光……」

「我認為，」聖喬治親切的

說，「我們最好聽這位年輕朋友的建議，就事論事，取得共識。你難道不認為，說來說去，最簡單的辦法還是按慣例打上一場，讓最厲害的人贏得勝利嗎？」

「喔，沒錯！好啦，龍，」男孩愉快的說，「這樣會省掉很多麻煩！」

龍嚴肅的說，「聖喬治，相信我，全世界我最願意聽從的就是你和這位小紳士的吩咐。可是這整件事真的是無理取鬧，我一點也不想跟你打。」

「可是，如果我逼你打呢？」聖喬治相當氣惱。

「你沒辦法。」龍得意洋洋的說，「要是我躲進洞穴裡，你只能枯等。然後，等你離開，我再開心的回到地面！老實說——我喜歡這個村子，我打算住下來！」

聖喬治環顧著周遭的美麗景致。「這裡會是最美的戰場，」他試圖說服龍，「這片美麗的丘陵多棒啊！我穿著金色盔甲，襯著你那布滿藍色鱗片的巨大身軀——想想那會是多麼撼動人心的畫面哪！」

「你試著用我的藝術感性來說服我，」龍說，「但這是沒用的——沒用！不過，就像你所說的，那會是一幅美麗的畫面……」龍有一點舉棋不定。

「現在我們比較像在談正事了。」男孩加入討論，「龍，你必須了解，你們倆非得打一場！」

「我們可以安排一下。」聖喬治說，「當然啦，

我得用矛刺你身上某個地方，可是沒人規定我得讓你受傷。你身上有那麼多地方，一定有哪些地方

是不痛不癢的吧？

「舉例來說吧，像是這裡呀——就在你大腿後面——這個地方不會很痛吧？」

「聖喬治，你搔得我好癢！」龍說，「不，那個位置絕對不行。雖然那裡不會痛……可是肯定會讓我笑場，那樣就毀了。」

「那我們來試試別的地方嘛，」聖喬治說，「像是脖子底下……有這麼多厚皮和皺摺，如果我刺這裡，你一定沒感覺！」

「話是沒錯，可是你確定有辦法刺到正確的位置嗎？」龍很擔心。

「當然，」聖喬治胸有成竹，「交給我就對了！」

「我就是因為不得不把這件事交給你，所以才要問清楚哇！」龍有點暴躁，「如果你犯下任何錯誤，一定會後悔的！

「龍，聽我說，」男孩打斷他們，替他朋友抱不平，「我看不出來你在這件事裡扮演什麼角色耶！我想知道的是：你能從這件事得到什麼呢？」

「聖喬治，」龍說，「拜託，請你告訴他

——我在這場致命的打鬥中被擊敗後會發生什麼事呢？」

「這個嘛——根據慣例，我會在擊敗你後，以勝利者的身分帶你繞行市場廣場。」聖喬治說。

「沒錯，」龍說，「然後接下來……」

「接下來會有歡呼和演說，」聖喬治說，「然後我會告訴大家：龍已經改邪歸正了。」

龍說，「然後呢？」

「喔，然後……」聖喬治說，「這個嘛，就像以往那樣吃頓大餐咯。」

「沒錯。然後我就是在這裡開始參與這件事。聽我說，」龍對男孩說，「這裡好無聊，我要走進人群！」

「龍，記得呵，說好的部分你還是要演一下

呵！」聖喬治起身準備離開，「我是指暴衝啊、噴火呀什麼的……」

「暴衝我很在行啦！」龍很有自信，「至於噴火嘛——雖然我很久沒練習，不過我會盡力的！」

隔天，人群很早就聚集在丘陵上，打算要占個好位置觀賞精采大戰。

男孩找了一個很好的位置，相當靠近洞穴。他瞇著眼凝望洞穴，看不出任何動靜。龍趁著月光逃走了嗎？

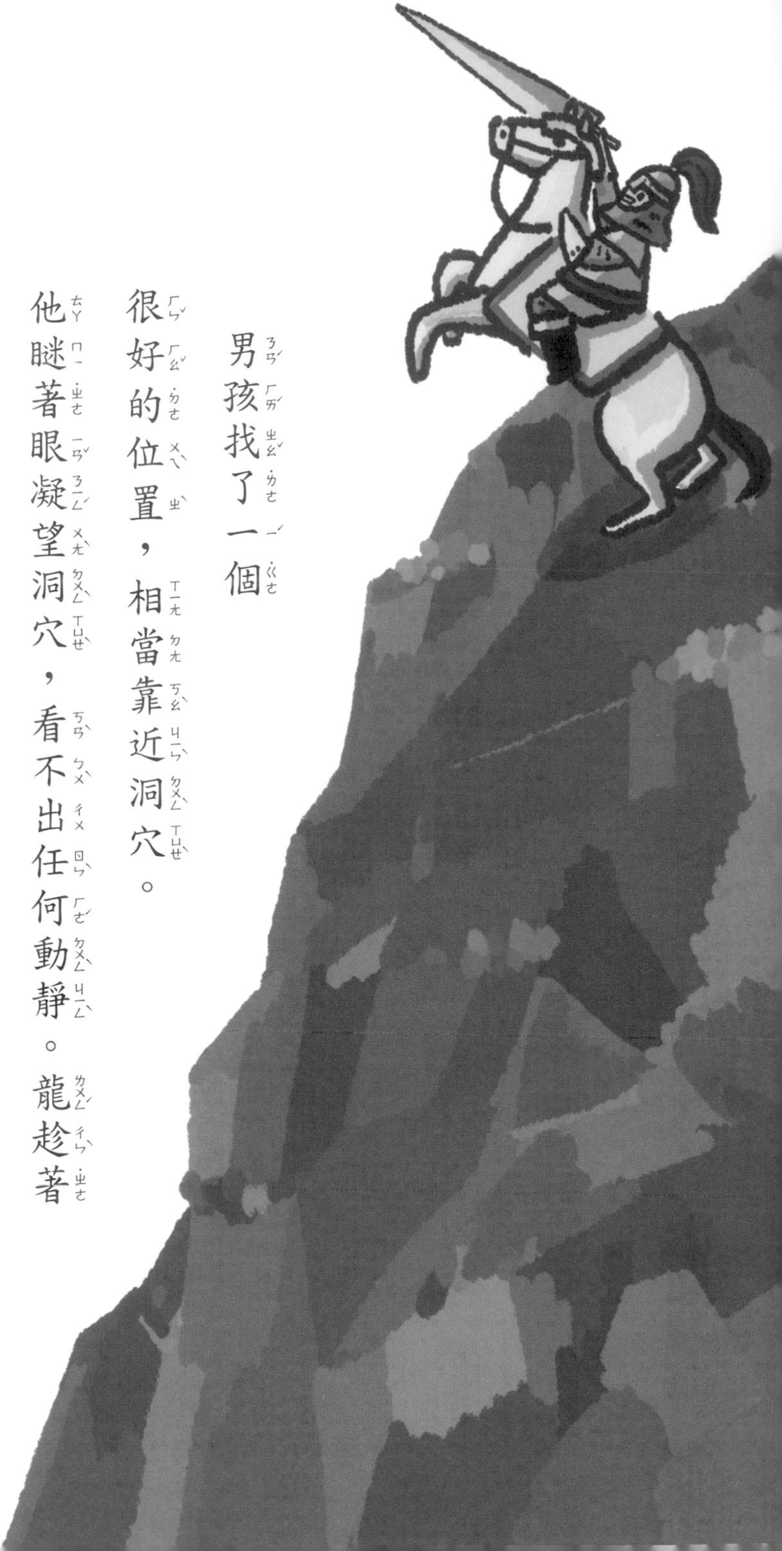

地勢比較高的地方，黑壓壓的聚集著人群，此刻耳邊突然傳來歡呼聲，過了一分鐘，山頂上出現聖喬治紅色的羽毛帽飾。

聖喬治坐在高大的戰馬上，看起來非常英勇俊美，金色的盔甲閃閃發亮，巨大的長矛握得筆直。

來到戰場中央，聖喬治拉緊韁繩，一動也不動。

「龍，就是現在！」男孩自言自語。

這件事各種戲劇化的可能性，讓龍興奮得不

得了，他很早就起床了，為第一次公開登場預做準備。

現在，所有人都聽到一陣低沉的聲音，接著，是響遍平原的一聲巨吼。然後，閃耀著海藍色光芒、龍神采奕奕的踏步向前。所有人驚呼：

「喔……喔……喔！」彷彿眼前出現了燦爛的煙火。

龍的鱗片閃閃發亮，長著尖刺的尾巴猛烈拍擊，鼻孔不斷噴出煙霧和火焰——

「喔，龍啊，做得好！」

男孩高喊，「我都不曉得他有這種天分耶！」

聖喬治把腳跟往馬的側腹一抵，向前疾衝。龍的攻擊始於一聲巨吼，然後這股藍色旋風一會兒用鼻孔噴氣，一會兒用下顎撞擊、尾巴狂掃，還噴出火焰。

「沒打到！」群眾大喊。只見金色盔甲和藍綠色的龐大身軀還有長著尖刺的尾巴交纏，長矛幾乎快碰到洞口了！

「第一回合結束！」男孩心想，「他們演得真不錯！希望聖喬治不要打得太亢奮。龍真是個好演員哪！」

聖喬治最後總算讓馬站好，他對男孩點頭微

笑，微微豎起三根手指。

「整件事好像都計畫好了，」男孩心想，「看來總共會有三個回合。希望這個回合能打久一點。」

此時，龍正利用中場休息時間為現場觀眾表演暴衝。

聖喬治再度向前。他穩穩坐在馬上。

「就是現在！」群眾高喊。

龍停止暴衝，坐了下來，他左跳右跳，還像印第安

人那樣吶喊。

龍的怪異舉動讓馬兒大驚失色，幸好聖喬治抓緊馬的鬃毛，才沒跌下來。龍還狠狠的咬了馬的尾巴一口，讓這隻可憐的動物瘋狂的一路往前衝。

第二回合落幕，群眾對龍頗有好評。聽到許多鼓舞讚美的話，龍鼓起胸膛，把尾巴舉高。

聖喬治從馬背上下來，告訴馬牠有多棒，同時，男孩走到聖喬治身旁說，「聖喬治，這場打鬥真精采！」男孩嘆了一口氣，「你不能跟龍打久一點嗎？」

「這個嘛，我想最好不要。」聖喬治回答，「事實上，觀眾一為龍歡呼，你那頭腦簡單的好朋友尾巴就翹起來了。他會忘掉約定，不曉得什麼時候才會停。我決定下一回合就解決他。」

聖喬治說，「別擔心，我已經明確的圈出假裝攻擊的位置，龍一定會盡力配合我！」

聖喬治把長矛縮短，輕快的迎向龍。

龍正甩動尾巴，聖喬治一面靠近對手，一面圍著對手繞圈圈；龍也採取相同的戰術，謹慎的繞著同一個圈圈轉，還佯裝用頭攻擊。

雙方都等待著看誰會開戰，圍觀的群眾屏氣凝神的保持沉默。

這一回合的結尾異常迅速。只見聖喬治的手臂閃電般揮舞，接著圍觀的群眾高聲吶喊，才發現龍倒臥在地——長矛刺進龍的脖子，聖喬治則跨坐在龍身上。

這一切看來如此逼真，男孩上氣不接下氣往前

狂奔，希望龍沒有受傷。他靠近龍，龍抬起一邊巨大的眼皮，認真的對他眨了眨眼睛，然後又昏了過去。聖喬

治按照約定，攻擊龍不會痛的地方，所以龍就連癢的感覺都沒有。

「先生，您不打算砍掉他的頭嗎？」群眾中有人問。「這個嘛——我想，不是今天。」聖喬治心情很愉快，「你們瞧，那件事一點也不急。我們應該先下山到鎮上去吃吃喝喝、補充體力，到時候我會好好跟這隻龍談一談，你們就會發現他改過自新，變成全新的龍！」

聖喬治用雙手用力拔起長矛、釋放了龍，龍小心檢視自己是不是完好如初。接著聖喬治登上坐騎，引領整支隊伍，龍由男孩陪同，跟在隊伍後頭。

等所有人吃飽喝足後，聖喬治發表了一場演講，告訴群眾：他已經竭盡心力，英勇無畏的除掉村民的心頭大患，此後他們不能繼續抱怨訴苦了。

接著，聖喬治說：龍已改過自新。如果村民同意，龍將定居此地。他還告誡村民不要編撰故事，群眾都為這場演說高聲喝采。

接著，眾人起身準備晚宴。

吃吃喝喝向來都令人愉快。聖喬治很開心，因為他完成了打鬥，卻又不必殺害任何生命——事實上他並不喜歡打打殺殺。

龍也很開心，因為他經歷了一場打鬥；而他不但沒有受傷，還贏得眾人的愛戴，以及在這個村子裡穩固的立足之地。

男孩也很開心，因為剛才發生了一場打鬥；不管過程如何，他的兩個朋友都安然無恙。

聖喬治、龍和男孩手勾手一起回去。村子裡的燈火一盞盞的熄滅，不過他們三個一同爬上唐斯丘陵時，還有星星和一輪遲遲現身的月亮陪伴。當他們經過最後一個轉彎，消失在視線外，晚風中斷斷續續的傳來一首古老的歌謠。我不能確定他們三個當中是哪個在唱歌，不過。我猜應該是龍！

【導讀】

# 最終得到的溫柔理解

黃筱茵（童書翻譯評論工作者）

《懶洋洋的噴火龍》是以《柳林中的風聲》舉世聞名的作者葛拉罕（Kenneth Grahame）收錄於散文集《夢幻時光》中的單篇童話。故事描繪一位牧羊人愛看書的小兒子與一隻愛寫十四行詩的噴火龍邂逅、交往、相知相惜的奇妙故事。故事中不僅描繪了珠玉般閃耀光澤的友情，與英國鄉間旖旎的風光，壓軸段落甚至還上演了一場有聲有色、戲劇效果十足又讓人屏息觀看的騎士與龍的激烈打鬥，使讀者在閱讀這則故事時，經歷各種跌宕的心情，非常有趣。

騎士與龍戰鬥對峙的故事原型，在西方敘事傳統裡有久遠的歷史。基督教的聖徒聖喬治，最為人所知、流傳後世的形象，就是手持長矛、馳騁在馬上、打敗惡龍的英勇模樣。不過，在這則故事中，葛拉罕著墨最深的角色，當然不是聖喬治，而是性格儒雅、喜愛沉思的龍，和思緒敏捷、喜歡讀書的小男孩。這個嗜讀任何書種的男孩，因為在書裡經常讀到有關龍的事，覺得自己一定可以與龍溝通，於是自告奮勇為爸爸解決難題，提議去與龍談一談。

龍與男孩初見面的反應令人會心一笑。他說：「別打我，……或是對我扔石頭、射水槍！」生性平和的龍，大概知道一般人見到他的反應，直覺的想要避開，躲在自己安靜的角落。相對的，男孩反而更理解一般人對龍的反應，隨著他愈來愈喜歡龍，他時常擔心這隻溫和羞怯的龍，是否理解自己面臨的危險處境。龍與男孩間的友誼十分令人動容。他們共度許多美好的夜晚，龍講了許多故事給男孩聽，還念自己寫的詩，你可以想像龍的洞穴外閃爍著滿天星斗，也可以想像這兩位摯友眼眸裡流溢的、彼此信任的目光。

解讀這則故事的眾多層次裡，有個重要的切面，當然是人類社會根深柢固的成見，與破除成見的可能。即便在理應相當純樸的小村莊，人們只要一聽說此地來了一頭龍，就不斷議論著剷除惡龍的種種八卦。即使根本沒有人親眼見過這頭龍，這個話題卻成為酒館裡每天的熱門話題。等聖喬治經過這座城鎮，眾人更是加油添醋的投訴惡龍的種種惡行，甚至杜撰自己的家人與家園因為惡龍進駐而流離失所的謠言。葛拉罕在這段情節間，不著痕跡的說訴人們人云亦云、遇事起鬨的習氣。想想，若不是男孩膽子大又有耐性，敢去找聖喬治解釋實情，並商議問題解套的辦法，龍恐怕真的要白白受傷，兩造之間也至少有一方會犧牲傷亡，或者兩敗俱傷哩。

故事尾聲安排的打鬥「演出」非常精采。兩位戰鬥的主角——龍與聖喬治——在前一天晚上就在男孩陪同下，商討該如何在所有村民面前進行一場淋漓盡致的打鬥。讓人忍俊不住的插曲是：雖然龍與聖喬治早就講好由聖喬治用長矛假裝攻擊哪個部位，在臨場演出時，龍卻因為眾人的目光與喝采，簡直樂不可支，打到停不下來，幾乎想要繼續演出氣勢磅礴的對陣場面。故事中各個角色種種微妙細膩的心思，在葛拉罕筆下，生動的呈現在讀者眼前。

葛拉罕是幾乎以一部作品留名千古的作者。《柳林中的風聲》後來成為英國田園與河流文學的濫觴，更是後來世世代代讀者美好的童年閱讀回憶。《夢幻時光》是早《柳林中的風聲》十年就已出版的作品。我們在《懶洋洋的噴火龍》裡，其實可以感受到葛拉罕對童年不受拘束的時光與閱讀經驗純粹的信仰。葛拉罕自己由於母親早逝，監護人又不支持他進入牛津大學讀書的理想，年紀輕輕就被送至英格蘭銀行工作，必須一路為現實生活努力。彼得・格林（Peter Green）

在他一九五九年為葛拉罕寫作的傳記中指出：由《懶洋洋的噴火龍》的角色，可以看出葛拉罕生涯與性格的兩個面向：「聖喬治」代表葛拉罕必須壓抑某個面向的自我、努力扮演的公僕角色；「龍」則象徵他藝術性的、比較反社會性面向的自我。

這則浪漫的童話，最終還是讓龍、男孩與聖喬治溫馨的解決難題，肩並肩走在唐斯丘陵美麗的星空下。這幅奇異又和諧的畫面，將拓印在每個讀過故事的讀者腦海裡。身形、年紀，就連物種都不同的三位好友，手勾手往前漫步，空中還傳來歌聲。這是最美的畫面，在這幅畫面中，每個人的心，都得到溫柔的理解，永誌不渝。

國家圖書館出版品預行編目（CIP）資料

懶洋洋的噴火龍 / 肯尼斯.葛拉罕(Kenneth Grahame)
原著 ; 黃筱茵改寫 ; 廖書荻繪圖. -- 初版. -- 新北市 : 步
步出版 : 遠足文化發行, 2020.11
面 ;  公分
注音版
譯自 : The reluctant dragon.
ISBN 978-957-9380-73-7(平裝)

873.596　　109015966

# 懶洋洋的噴火龍
The Reluctant Dragon

原著　肯尼斯・葛拉罕 Kenneth Grahame
改寫　黃筱茵
繪圖　廖書荻
美術設計　劉蔚君

執行長兼總編輯　馮季眉
編輯總監　周惠玲
總 策 畫　高明美
責任編輯　徐子茹
編　　輯　戴鈺娟
印務經理　黃禮賢
印務主任　李孟儒

社長　郭重興
發行人暨出版總監　曾大福
出版　步步出版／遠足文化事業股份有限公司
發行　遠足文化事業股份有限公司
地址　231 新北市新店區民權路 108-2 號 9 樓
電話　02-2218-1417
傳真　02-8667-2166
Email　service@bookrep.com.tw
網址　www.bookrep.com.tw
客服專線　0800-221-029

法律顧問　華洋國際專利商標事務所 蘇文生律師
印刷　中原造像股份有限公司
初版一刷　2020 年 11 月
初版二刷　2021 年 03 月
定價　260 元
書號　1BCI0012
ISBN　978-957-9380-73-7